# MIOPIA
## E OUTROS CONTOS INSÓLITOS

TADEU PEREIRA

# MIOPIA
## E OUTROS CONTOS INSÓLITOS

Ilustrações
Alex Senna

Conforme a nova ortografia
1ª edição
1ª tiragem
2013

**Editora Saraiva**

Rua Henrique Schaumann, 270
CEP 05413-909 – Pinheiros – São Paulo-SP
Tel.: PABX (0**11) 3613-3000
Fax: (0**11) 3611-3308
Televendas: (0**11) 3613-3344
Fax Vendas: (0**11) 3611-3268
Atendimento ao Professor: 0800-0117875
Endereço Internet: www.editorasaraiva.com.br
E-mail: atendprof.didatico@editorasaraiva.com.br

**Revendedores Autorizados**

Aracaju: (0**79) 3211-8266/6981
Bauru: (0**14) 3234-5643
Belém: (0**91) 3222-9034/3224-9038
Belo Horizonte: (0**31) 3429-8300
Brasília: (0**61) 3344-2920/2951
Campinas: (0**19) 3243-8004/8259
Campo Grande: (0**67) 3382-3682
Cuiabá: (0**65) 3632-8898/8897
Curitiba: (0**41) 3332-4894
Florianópolis: (0**48) 3244-2748/3248-6796
Fortaleza: (0**85) 3307-2350
Goiânia: (0**62) 3225-2882/3212-2806
Imperatriz: (0**99) 3072-0409
João Pessoa: (0**83) 3241-7085
Londrina: (0**43) 3322-1777
Macapá: (0**96) 3223-0706
Maceió: (0**82) 3221-0825
Manaus: (0**92) 3633-4227
Natal: (0**84) 3211-0790
Porto Alegre: (0**51) 3371-4001/1467/1567
Porto Velho: (0**69) 3211-5252/5254
Recife: (0**81) 3421-4246
Ribeirão Preto: (0**16) 3610-5843
Rio Branco: (0**68) 3223-8945
Rio de Janeiro: (0**21) 2577-9494
Salvador: (0**71) 3381-5854/5895
Santarém: (0**93) 3523-6016
São José do Rio Preto: (0**17) 3227-3819/0982
São José dos Campos: (0**12) 3921-0732
São Luís: (0**98) 3243-0353
São Paulo: (0**11) 3616-3666
Serra: (0**27) 3204-7474

Copyright © Tadeu Pereira, 2013

Gerente editorial: ROGÉRIO CARLOS GASTALDO DE OLIVEIRA
Editora: KANDY SGARBI SARAIVA
Coordenação e produção editorial: TODOTIPO EDITORIAL
Assistente editorial: LEONARDO ORTIZ
Preparação de texto: MIRACI TAMARA CASTRO
Auxiliares de serviços editoriais: FLÁVIA ZAMBON e LAURA VECCHIOLI
Estagiária: GABRIELA DAMICO ZARANTONELLO
Suplemento de atividades: MIRACI TAMARA CASTRO
Revisão: VANESSA LUCENA e ANA LUIZA CANDIDO
Produtor gráfico: ROGÉRIO STRELCIUC
Gerente de arte: NAIR DE MEDEIROS
Projeto gráfico: LEONARDO ORTIZ
Capa: ELIS NUNES e ALEX SENNA

CIP-Brasil. Catalogação na publicação
Sindicato Nacional dos Editores de Livros (RJ)

P492m
 Pereira, Tadeu
  Miopia e outros contos insólitos / Tadeu Pereira ; ilustrações Alex Senna. - 1. ed. - São Paulo : Saraiva, 2013.
  64 p. : il. ; 21 cm (Jabuti)

 ISBN 978-85-02-20561-1
 ISBN 978-85-02-20562-8 (professor)

 1. Conto infantojuvenil brasileiro. I. Senna, Alex. II. Título. III. Série.

13-03055
CDD: 028.5
CDU: 087.5

**Impressão e acabamento:** Yangraf Gráfica e Editora

# SUMÁRIO

Madrinha 7

Maldade 11

Gênio 13

Miopia 15

Norma 17

Bolachas 23

Pão 25

Troco 29

Capetas 33

Matador 35

Plutão 37

Xícara 41

Cor 43

Madrasta 47

Amigos 53

Meias 57

Tomates 59

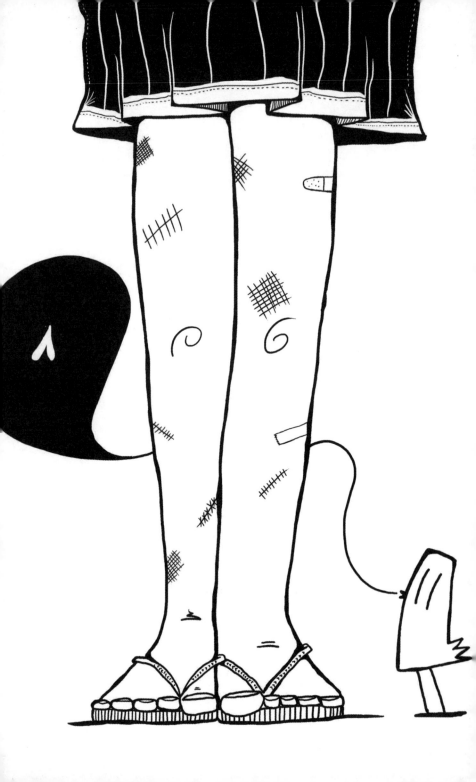

# MIOPIA
## E OUTROS CONTOS INSÓLITOS

**Editora Saraiva**

Tadeu Pereira

*Apreciando a Leitura*

## ■ Bate-papo inicial

Ver o mundo com olhos de quem os abre pela primeira vez, livre dos hábitos que desencantam e anuviam: será possível? Para isso, só voltando a ser criança? Ou, com os olhos da poesia, é possível ver algo que muitas vezes fica esquecido: que de perto ninguém é normal?

*Miopia e outros contos insólitos* pode não trazer respostas, mas ler esta obra despertará a sensação de olhos novos. Mesmo que para isso a gente tenha de se livrar dos velhos óculos.

## ■ Analisando o texto

**1.** Assinale V (verdadeiro) ou F (falso):

( ) No conto "Matador", as expectativas dos amigos do protagonistas se concretizaram no desfecho.
( ) Em "Norma", não se sabe ao certo se a tia considerada louca era mantida presa pelo pai.
( ) Em "Troco", o conflito expresso na rivalidade entre as irmãs é resolvido pelo amadurecimento de ambas com o passar do tempo.
( ) Em "Madrasta", a forma como a protagonista é construída ao longo da história foge do estereótipo de madrasta dos contos de fada.
( ) O conto "Tomates" mostra que a dedicação do filho à família é recompensada no final.

**2.** Identifique a qual conto cada texto pode ser relacionado:

(A) "Madrinha"    (B) "Maldade"    (C) "Gênio"    (D) "Plutão"

( ) "Fomos maus espectadores da vida, se não vimos também a mão que delicadamente – mata." (NIETZSCHE, Friedrich. *Além do bem e do mal*: prelúdio de uma filosofia do futuro. São Paulo: Companhia das Letras, 2003. p. 68.)

( ) "O poeta é um fingidor. / Finge tão completamente / Que chega a fingir que é dor / A dor que deveras sente." (PESSOA, Fernando. *Ficções do interlúdio*. São Paulo: Companhia das Letras, 1998.)

( ) "Os opressores, falsamente generosos, têm necessidade para que a sua 'generosidade' continue tendo oportunidade de realizar-se, da permanência da injustiça." (FREIRE, Paulo. *Pedagogia do oprimido*. São Paulo: Paz e Terra, 1970. p. 31.)

( ) "O gênio, o crime e a loucura provêm, por igual, de uma anormalidade, representam, de diferentes maneiras, uma inadaptabilidade ao meio." (PESSOA, Fernando. *Páginas de estética e de teoria literárias*. Lisboa: Ática, 1966. p. 133.)

**3.** Releia o trecho abaixo, de "Madrinha":

Tanto desespero e aflição me fizeram esquecer do tempo. Sem que eu tivesse implorado qualquer ajuda, foi ele que veio em meu socorro, trincando as paredes do sobrado, esfarelando a madeira das portas, ensebando o metal dos lustres. (p. 9)

Pode-se dizer que o tempo foi o maior agente nessa narrativa? Que mudanças ele promoveu na vida das personagens?

R.: _____

_____

_____

_____

_____

_____

_____

_____

b) Qual é a intenção do narrador ao empregar essas palavras nesse momento da narrativa?

R.: _____

_____

_____

_____

c) Por que o narrador qualifica o substantivo "rivalidade" com o adjetivo "camuflada"? Substitua esse adjetivo por outro equivalente.

R.: _____

_____

_____

_____

_____

**11.** Leia este trecho do conto "Madrasta":

Assim que contornei o grande flamboaiã vermelho que indicava o início da nossa chácara, bati os olhos no telheiro baixo das galinhas, e foi como se tivesse levado um coice de mula arredia. O pai arrastava o Ginho pela gola da camisa, feito um saco de cebolas, e levava na mão desocupada o canivete de tirar carrapato dos porcos. (p. 49-50)

Identifique no trecho duas comparações. O que o narrador quer expressar com esse recurso?

R.: _____

_____

_____

_____

_____

_____

_____

## *Refletindo*

**12.** O protagonista do conto "Meias" tem a capacidade de sonhar, devanear, quando imagina ser um duque da corte francesa. Já no conto "Plutão", o devaneio do protagonista toma proporções que se sobrepõem à realidade. Os pais de Charles Trevor, inclusive, discordam quanto ao interesse do filho por imaginar-se viajando a Plutão: o pai acha esse exercício de imaginação exagerado; a mãe vê no comportamento do filho alguma genialidade. Para você, o devaneio é uma fuga da realidade? Compare o devaneio dos personagens dos contos "Meias" e "Plutão". Podem ser entendidos da mesma forma? Para você, é importante ter imaginação? Como diferenciar a atividade saudável de imaginar de um transtorno psicológico, por exemplo?

**13.** Nos contos "Matador" e "Cor", a relação pais e filhos é tematizada, mas os desfechos revelam que os filhos – Binho, no primeiro, e Tavinho, no segundo – reagiram de formas diferentes à influência e às expectativas da família na construção de seu trajeto pessoal. A esse respeito, reflita sobre o papel da educação e do contexto familiar na constituição de nossa personalidade e em nossas escolhas de vida.

## *Pesquisando*

**14.** Em "Norma", o amor proibido da personagem que dá nome ao conto termina em tragédia. Que tal pesquisar a origem desse gênero textual, que remonta à Grécia clássica? Procure informações em sites e na biblioteca da escola ou do bairro a respeito de dramaturgos, tragédias famosas e suas adaptações atuais.

**15.** Em vários contos do livro se percebe a ocorrência dos temas loucura e família. Em alguns, como "Norma" e "Tomates", a loucura é apresentada de forma ambígua, ou seja, não há limites claros entre o que é sanidade e o que é insensatez. Em relação à família, em alguns contos há a busca de ruptura dos filhos em relação ao na escola, por exemplo. O importante é entrevistar mais de uma pessoa, para que as respostas possam ser confrontadas. O ideal é que as entrevistas sejam feitas na sala de aula, diante dos alunos, e gravadas – o professor de Artes pode colaborar, orientando os alunos a fazer o vídeo da entrevista, por exemplo –, não só para que eles possam treinar a comunicação oral, como também para terem registrado todo o diálogo. Depois, com a ajuda do professor de Português, devem transcrever as entrevistas, neutralizando aspectos da oralidade e trabalhando-a como gênero escrito. Por último, depois de conversarem sobre os resultados das entrevistas, os alunos devem redigir uma conclusão sobre a eficácia e a aplicação do Estatuto do Idoso.

Para qualquer comunicação sobre a obra, escreva para:

**Editora Saraiva**
**Editorial de Infantojuvenis e Informativos**
**R. Henrique Schaumann, 270**
**05413-010 – São Paulo – SP**
**e-mail: saceditorasaraiva@editorasaraiva.com.br**

Escola: _____

Nome: _____

Ano: _____ Número: _____

**4.** Por que, mesmo depois da morte da madrinha, a protagonista do conto continua limpando a casa com tanto esmero?

R.: _____

_____

**5.** Alguns contos do livro dialogam entre si em relação aos temas:

I. Desunião familiar.
II. Castigos que moldam o destino da vítima.
III. Influência dos pais sobre as escolhas dos filhos.

Identifique os temas dos contos de acordo com os temas anteriores:

(  ) "Bolacha"        (  ) "Pão"          (  ) "Cor"
(  ) "Madrinha"       (  ) "Matador"      (  ) "Meias"

**6.** Com base no significado de "miopia" e no conteúdo do conto que leva esse nome, analise o título da obra.

R.: _____

_____

_____

_____

_____

_____

_____

**7.** O que o narrador quis dizer com "para outro estado", na oração que finaliza o conto "Xícara"?

R.: _____

_____

_____

_____

_____

# Linguagem

**8.** Releia este trecho do conto "Madrinha":

Quando eu já estava instalada no lar das maravilhas, a primeira coisa que a madrinha fez foi me proibir de frequentar a escola. Defendia a ideia de que muito verbo e muita equação tinham o poder de confundir a cabeça da gente, deixar tudo solto lá dentro, embaralhar pensamentos e falas. (p. 8)

Ao usar a expressão "lar das maravilhas", a narradora se vale de uma figura de linguagem. Qual? Que palavra no trecho a justifica?

R.: _____

_____

**9.** No conto "Plutão", de qual figura de linguagem valeu-se o autor em: "Quinze meses depois, a mãe morreu de uma dessas doenças que têm mil nomes e nenhuma salvação" (p. 38)?

R.: _____

_____

_____

**10.** Releia este trecho do conto "Troco".

Com a saúde e a situação financeira debilitadas, a irmã mais nova forrou a cara e recorreu ao auxílio da irmã mais velha, que, como boa cristã, acolheu com coração leve e espírito solidário as parentas.
Agora livres da antiga rivalidade camuflada, as duas se dedicaram de corpo e alma à educação da menina sem pai, movendo céus e terra para não privá-la das coisas boas e belas que a vida familiar pode oferecer. (p. 28)

a) Quais palavras e expressões se referem à religiosidade?

R.: _____

_____

_____

_____

legado da família, visando trilhar um caminho próprio; em outros, há a manutenção do legado ou da expectativa familiar.

Essa relação entre família e loucura também está presente em um célebre conto de João Guimarães Rosa, "A terceira margem do rio". Pesquise este autor, leia o conto e aponte que relações você percebe entre ele e os contos deste livro, especialmente "Norma", "Cor" e "Tomates".

## ■ Redigindo

16. Redija uma carta, em primeira pessoa, como se você fosse a protagonista do conto "Xícara". Imagine que, antes de abandonar a família, você deixa uma carta para seu marido expondo sua decisão e suas mágoas, explicando as razões de tê-lo abandonado e relatando as expectativas em relação à nova vida que busca.

17. O poeta ultrarromântico Lord Byron afirmava: "Todas as tragédias terminam em morte e todas as comédias, em casamento". Tendo essa frase em mente, releia os contos "Norma" e "Xícara" e escreva um texto dissertativo sobre o tema: "Amor e casamento – termos inconciliáveis?".

## ■ Trabalho interdisciplinar

18. "Bolachas" e "Miopia" têm como tema a solidão e a velhice. Em 2003, foi promulgado o Estatuto do Idoso, "destinado a regular os direitos assegurados às pessoas com idade igual ou superior a 60 anos".

Com a participação dos professores de História e de Sociologia, pesquise como foi o processo de discussão dessa legislação, quais os fundamentos dos autores do projeto de lei, os principais direitos assegurados e as repercussões na sociedade. Em grupos, elaborem, em seguida, um roteiro para fazer uma entrevista com alguns idosos, tendo como foco os impactos do Estatuto do Idoso na vida deles, perguntando, por exemplo: "O que mudou?", "A lei é cumprida?". Os entrevistados podem ser os avós dos alunos, alguns vizinhos do colégio ou algum aposentado que trabalhe

# MADRINHA

Eu acordava antes de o Sol nascer e começava o trabalho de varrer, encerar e lustrar o chão dos vinte e três cômodos do sobrado, até que eles fossem capazes de refletir qualquer coisa, inclusive a madrinha, dona de contornos amplos e desprovidos de graça.

Do chão eu passava a tirar o pó dos móveis, dos quadros e dos porta-retratos, tendo o cuidado de não os mover nem um milímetro da posição original, sob pena de despertar o humor sádico da minha benfeitora.

Lá pelo meio-dia, quando a casa estava com um cheiro agradável de coisa nova, a madrinha começava a inspeção dos cômodos, andando descalça para testar a limpeza do assoalho, fungando sobre os móveis pra conferir se existia poeira ou não.

Durante essas inspeções, meus joelhos sempre tremiam, e algumas vezes minha benfeitora fingia certa insatisfação só para me ver aflita diante da perspectiva do castigo. Mas eu só descobri isso bem mais tarde, quando fiz quinze anos e comecei a observar, compreender melhor as coisas, interpretar os movimentos.

Claro que, nessas alturas, eu já tinha apanhado demais, chorado demais, azucrinado a paciência da Virgem Maria com os pedidos para me levar logo para junto da minha mãe. Mesmo que a gente tenha se separado muito cedo, da mãe eu guardava a lembrança da voz doce, das mãos macias. Eu tinha seis anos quando ela morreu, deixando-me perdida, desamparada, só com a certeza de que eu iria parar numa instituição de menores.

Foi então que surgiu a madrinha e me levou para morar com ela.

Durante a viagem até o meu novo endereço, ela contou que morava numa casa imensa, com muitos quartos e um quintal enorme, cheio de árvores, onde eu poderia brincar. A diversão e as brincadeiras foram ocupando minha cabeça e, aos poucos, a figura da minha mãe foi dando espaço àquela mulher de traseiro grande e peitos volumosos que se dobravam sobre a barriga.

Quando eu já estava instalada no lar das maravilhas, a primeira coisa que a madrinha fez foi me proibir de frequentar a escola. Defendia a ideia de que muito verbo e muita equação tinham o poder de confundir a cabeça da gente, deixar tudo solto lá dentro, embaralhar pensamentos e falas.

Mas isso foi só o começo.

Poucos dias depois, acusando-me de falar durante o sono e perturbar seu descanso noturno, ela me colocou para dormir no quartinho das vassouras, um lugar abafado frequentado por baratas e lagartixas.

Como se não bastasse, passou a testar a firmeza da sua bengala de jacarandá nas minhas pernas e costas quando não aprovava o meu trabalho. Tinha noite que as dores não me deixavam dormir, então eu ficava olhando o escuro, esperando meu corpo parar de latejar, pedindo à Virgem Maria para fazer a madrinha voltar a ser aquela mulher boa e simpática da viagem. Mas a reza não funcionou.

Durante anos a madrinha continuou a encontrar manchas invisíveis nos móveis para justificar as bordoadas cada vez mais frequentes e violentas.

Prisioneira da desesperança, à noite eu cuidava do meu corpo dolorido no cômodo abafado das vassouras, certa de que nada de bom aconteceria na minha vida. Mesmo assim, nunca fui capaz de odiar a madrinha, de alimentar qualquer tipo de vingança contra ela. Afinal, foi ela quem me livrou de um destino trágico naquele lugar horrível para onde queriam me mandar.

Tanto desespero e aflição me fizeram esquecer do tempo. Sem que eu tivesse implorado qualquer ajuda, foi o tempo que veio me socorrer, trincando as paredes do sobrado, esfarelando a madeira das portas, ensebando o metal dos lustres.

Foi ele que impiedosamente murchou o traseiro, os peitos, as forças da madrinha.

Hoje eu tenho dezenove anos, e faz sete meses que a madrinha morreu.

Continuo aqui, levantando antes do nascer do Sol pra encerar e lustrar os cômodos, tirar o pó dos móveis, dos quadros, dos porta-retratos.

Lá pelo meio-dia, com a casa cheirando à limpeza, eu sento no chão e rezo um pai-nosso à alma da madrinha, desejando que ela esteja em paz e satisfeita com o meu trabalho. Só depois de fazer o nome do Pai é que vou até o chapeleiro e dou um chute na bengala de jacarandá. Ela balança e cai no chão com estrondo.

Essa é a melhor parte do meu dia.

# MALDADE

Nunca mais deixei que ela pegasse minha mão para atravessar a rua. Não depois do que fez com as duas baratinhas que saíram assustadas do ralo da cozinha. Elas eram tão indefesas, tão inofensivas, não mereciam acabar esmagadas com uma chinelada raivosa como aquela. Chinelada de gente má.

Eu estava entrando na cozinha, comendo uma pera portuguesa, quando me deparei com a cena que durante uns bons dias incomodou meu sono. Joguei a fruta fora, incapaz de continuar comendo numa boa. A violência do gesto embrulhou-me o estômago, levando-me a pensar até onde ela chegaria com aquele ódio todo nas mãos.

Foi então que eu passei a chegar mais cedo da escola só pra ficar de olho no jantar que ela preparava. Sabe-se lá o que ela seria capaz de colocar na nossa comida.

Meu pai era desligadão. Quando eu contei o que acontecia em casa, ele olhou para mim com cara de tangerina passada e falou qualquer coisa sobre a umidade do banheiro. Já a mana era bocó. Depois de ouvir a minha explicação, riu que nem aqueles sacos de risada de camelô e disse que eu precisava arrumar logo uma namorada. Tonta.

Diante disso, decidi agir por minha conta. Além de ficar de olho no jantar, tratei de passar eu mesmo manteiga no meu pão, adoçar o meu café com leite, fazer a minha laranjada. À noite, quando ela vinha me beijar e desejar bom sono, eu ficava todo encolhido e não tirava o olho das suas mãos até que ela apagasse a luz e fechasse a porta.

Eu ficava pensando no coitado do meu pai, deitado ao lado dela, e no que ela seria capaz de fazer no escuro com aquelas mãos cheias de raiva...

Hoje, tantos anos depois, ainda fico de olho em suas mãos, principalmente no Dia das Mães, quando ela prepara os pratos do almoço em família.

# GÊNIO

A mana estava amarela, com febre alta, deitada na cama grande da mãe.

A vó e a tia rezavam e queimavam velas pra Santa Rita no quarto dos fundos, onde ficava o oratório.

O pai fechou a oficina mais cedo e veio para casa. Eu fiquei com uma baita inveja da mana por ter a cama grande toda pra ela. Por isso eu não quis fazer parte da corrente de fé que a vó organizou em torno da imagem de Santa Rita.

Fui para o quintal pensando na esperteza da minha irmã. Aquilo sim é que era fingimento dos bons, levou todo mundo no bico, ficou sozinha na cama grande, sem ninguém aparecer com chinelo na mão gritando para ela cair fora. Espertalhona.

Enquanto esguichava água nas formigas da jabuticabeira, acabei achando que a mana era mais inteligente do que eu; então, não fui mais ao quarto pra ver se ela tinha melhorado. A troco de que ficar preocupado, se ela estava passando rasteira em todo mundo?

O pai e a mãe dormiram no sofá naquela noite, deixaram a mana desfrutando o bem-bom da cama grande. Quero ser um mico se ela não estava se achando a Lady Gaga em dia de *show*. Eu conheço muito bem aquela cara falsa de anjo. Vivaldina.

No dia seguinte, quando cheguei da escola, minha mãe falou que a mana tinha piorado, foi preciso levá-la ao hospital. Mandou eu trocar de roupa correndo porque todo mundo estava indo para lá.

Fiquei besta quando entrei naquele quarto enjoativamente branco. A cama que a mana ocupava era quase tão larga quanto a da mãe, mas com rodinhas e manivela para subir e descer a cabeceira. Eu só não lhe dei parabéns pelo plano perfeito dela porque a espertalhona estava dormindo, entupida de remédios.

Aflitos, o pai e a mãe interrogavam o médico com cara de cansado, que tentava explicar as coisas mais com as mãos do que com a boca. Eu fiquei de tocaia, observando a mana, certo de que de um minuto para o outro ela sentaria na cama e morreria de rir da nossa cara.

Esperei um tempão, mas ela continuou lá, imóvel, amarela que nem banana, respirando como se tivesse corrido de cachorro. Perfeito. Coisa de gênio. Como ela conseguia fazer aquilo? Dez.

Na manhã seguinte, faltei às aulas e fomos todos ao hospital na perua do pai.

Ninguém falou durante o trajeto, só de vez em quando é que alguém soluçava, chupava o nariz com força. Eu ia tentando imaginar o que é que a mana tinha inventado daquela vez, o que teria sido capaz de sair daquela cabeça diabólica.

Outro plano perfeito?

Bem, dessa vez o médico com cara de cansado foi conversando baixinho e nos levou até a porta de vidro de uma sala cheia de camas com rodinhas, apontou a mana sobre uma delas, imóvel, coberta até a cabeça.

Aí eu achei que a raposa da minha irmã tinha ido longe demais. Já tinha levado o troféu, não precisava exagerar. Então eu corri para perto da cama e chacoalhei a esperta, pedi para ela parar de fingir, o plano tinha sido da hora, mas tudo tem um limite.

Foi quando a mãe me puxou pra fora da sala, me abraçou e começou a chorar.

# MIOPIA

Ele levantou da cama decidido a não colocar os óculos de grau. Não estava a fim de ver as mesmas coisas, as mesmas pessoas de todos os dias. Melhor a miopia.

Arrastou os chinelos até o banheiro enxergando tudo embaçado, como se estivesse diante de um imenso vidro opaco. Ergueu a tábua do vaso e urinou. Nem tudo acertou o alvo, mas deu de ombros; morava sozinho.

Difícil botar a pasta de dentes na escova, mas cumpriu as determinações da boa escovação. Depois correu as mãos molhadas nos cabelos ralos, entrou no quarto e trocou de roupa. Quase caiu ao vestir os dois pés na mesma perna das calças, mas achou que a camisa foi menos complicada. Calçou os mocassins sem meias. Alcançou o frasco de cápsulas e botou no bolso.

Na cozinha, antes de sair, conferiu a torneira da pia, a porta da geladeira, a válvula do gás.

Na penumbra do corredor precisou tatear a parede até localizar o botão de descer do elevador, que, como sempre, demorou meio século para chegar. Quando finalmente a porta se abriu, uma voz feminina o cumprimentou. Ele respondeu sem saber quem era, e sentiu-se bem por não ver a cara da educada.

Na saída, o porteiro o saudou, chamando-o de doutor. Ele se limitou a fazer um gesto de cabeça, com vontade de mandá-lo para o meio dos *hooligans*. Botou o pé na calçada e respirou todo o gás carbônico daquela terça-feira. Ou seria quarta?

Ele olhou para a esquerda e para a direita, só viu vultos e grandes borrões. Resolveu atravessar a rua quando os borrões deixassem de relampejar. Deu sorte: alcançou a padaria em frente com o mesmo tempo que gastava quando estava de óculos.

Respirou fundo, tentando se lembrar de que lado ficava o balcão. Aí ele sentiu a primeira dor, fez uma careta. Deu dois passos, sentiu a segunda dor e levou a mão ao bolso, praticamente arrancando de lá o frasco de cápsulas.

Ele destampou o vidro para jogar uma cápsula na mão, mas errou o alvo e todo o conteúdo se espalhou pelo chão. Então ele sentiu saudades dos óculos, mas já era tarde.

# NORMA

Eu gostava de ir à casa do meu avô, não por ele, que era um tipo calado e distante, mas pelo prazer proibido de visitar tia Norma no quarto gradeado do quintal.

Ela vivia trancada lá desde os dezesseis anos, e toda a cidade conhecia sua história trágica, bordada de paixão, sangue e morte.

Aos quinze anos a tia se apaixonou por um rapaz casado, que também caiu de amores por ela, dando início ao caso que ficaria gravado na memória de todos por muito tempo.

Quando o romance proibido veio a público, os dois acabaram fugindo. A situação levou a mulher do rapaz a um estado de desespero tal que ela só encontrou sossego na morte, por envenenamento. Cego de dor, o pai da moça saiu no rastro do casal fugitivo. Quando os encontrou, disparou sua pistola duas vezes: uma contra o peito do rapaz, outra contra o peito de tia Norma. Ele morreu, ela sobreviveu.

Mas a tragédia não terminou aí. Tomado pelo desejo de vingança, o irmão do morto esperou o atirador na saída da missa, matando-o para, em seguida, atirar contra o próprio peito.

Já tia Norma enfrentou conformada a fúria incontrolável do pai, que, após surrá-la e amaldiçoá-la por três gerações, conde-

nou-a a passar o resto de seus dias trancada no quarto de ferramentas, distante do convívio familiar e privada de qualquer tipo de conforto.

O tempo levou pessoas e lembranças, escureceu as paredes do casarão da rua Ametista, onde o avô percorria sem descanso os cômodos vazios contando os grãos de poeira dos móveis e resmungando com fantasmas antigos. Quanto à tia Norma, comentava-se que havia enlouquecido, chegando ao extremo de beber a própria urina.

Eu não me cansava de ouvir essa história. Mesmo proibida, era sempre sussurrada por primas e primos. Nas nossas visitas ao meu avô, adorava correr para o quintal, botar a cabeça na grade da janela e dizer oi à tia Norma.

Ela estava sempre diante do espelho oval trincado, penteando seus longos cabelos negros. Ao ouvir minha voz, voltava-se com a escova na mão, exibindo o sorriso mais bonito e mais branco que eu já vi. Minha mãe me obrigava a escovar os dentes três vezes ao dia, mas mesmo assim eles não eram tão brancos quanto os da tia Norma.

– O que você anda fazendo de bom? – ela perguntava, aproximando-se das grades da janela para mexer em meus cabelos aloirados.

Então eu contava dos meus professores e dos amigos da escola, do tênis que eu ganhei e precisei trocar porque ficara grande, do cachorro morto que puseram dentro da caixa de correio do nosso vizinho.

A tia revelava que havia feito as pazes com a aranha dançarina do seu quarto, após um ligeiro desentendimento por causa de uma teia desmanchada involuntariamente.

Na despedida, ela me presenteava com uma flor feita de papel-jornal, que eu tratava de esconder na meia porque, se minha mãe pegasse, ia ter falação das grandes. Bastava o que eu tive de ouvir quando disse que achava a tia Norma a pessoa mais legal da família.

Bem, mas foi num certo domingo de julho que o meu avô continuou dormindo, mesmo depois dos chacoalhões do meu pai, que tinha ido buscá-lo para almoçar em nossa casa.

Doutor Alípio fez cara de cansado para dizer que tinha sido o coração. Então, meu pai telefonou para o tio Olavo. O casarão agitou-se em minutos, tinha parente por toda parte. Descobri que é mais fácil reunir as pessoas na morte do que no nascimento.

Pensei na tia Norma e resolvi fazer-lhe uma visita no quartinho gradeado, mas ao tomar o rumo do quintal meu coração disparou feito um cachorro que escapou da corrente. Vestida de azul, cabelos negros soltos, a tia entrou no quarto onde preparavam meu avô para transportá-lo ao velório municipal. Ela ficou de pé ao lado da cama, em silêncio, segurando nas mãos o terço de contas peroladas. Em nenhum momento desviou os olhos do rosto arroxeado do pai dela. Os parentes vieram correndo, espremeram-se na porta do quarto, fascinados e ao mesmo tempo temerosos – "A louca vai cuspir no corpo?", "Vai gargalhar e gritar palavrões?".

Alheia a tudo que acontecia ao redor, tia Norma retirou-se em silêncio, pisando leve o assoalho roído de recordações amargas.

Quem abrira a porta do quarto gradeado? A tia teria uma cópia da chave?

A resposta perde a importância considerando-se que nos dias que se seguiram à morte do meu avô, sem que eu insistisse, meus pais finalmente concordaram que eu visitasse tia Norma de vez em quando, diante da minha promessa de jamais a incomodar com perguntas inconvenientes. Tenho para mim que tal decisão era o tempo fazendo as vezes de vacina e livrando a tia da doença contagiosa que a mantivera isolada durante tantos anos.

Ficamos grandes amigas, dessas que escolhem pequenos gestos para se fazer entender. Louca? Nunca a vi gritar de olhos esbugalhados nem partir espelhos com os próprios punhos. Beber a própria urina? Bobagem.

Um dia, ao passar pelo casarão depois das aulas, vi tia Norma tirando as tábuas do assoalho para plantar roseiras.

– Só assim conseguimos afastar o cheiro de morte dessas paredes – ela justificou, limpando com um graveto as unhas cheias de terra.

Depois daquele dia, passei a ajudá-la a cuidar das roseiras, podando, regando, mantendo as formigas afastadas. Quando a primavera chegou, as rosas brancas e vermelhas iluminaram e perfumaram o interior sombrio do casarão.

Parentes e vizinhos que vieram ver saíram balançando a cabeça, surpresos.

Até hoje, cinco anos após a morte da tia Norma, as rosas continuam perfumando o casarão e encafifando os visitantes. A estes eu conto a história de minha tia e dou-lhes uma rosa de recordação.

Em seguida, fecho portas e janelas, vou para o quartinho gradeado e, diante do espelho trincado, penteio meus cabelos até adormecer.

# BOLACHAS

O pai implicava com minha vó porque ela deixava cair farelo de bolacha no assento do carro.

A mãe implicava com minha vó porque ela deixava cair farelo de bolacha no tapete da sala.

O mano implicava com minha vó porque ela deixava cair farelo de bolacha no teclado do computador.

Eu não implicava com minha vó porque achava que três pessoas implicando com ela o tempo todo era o bastante. Por isso fazia vistas grossas quando ela deixava cair farelo de bolacha no meu estojo de maquiagem.

Certo dia, depois de ter levado a costumeira bronca tripla, a vó levantou com dificuldade da poltrona, não abriu a boca, foi para o quarto e de lá voltou com uma sacola plástica e um cachecol cinza.

O pai e a mãe quiseram saber aonde ela pensava que estava indo. Da porta, ela respondeu que não queria mais incomodar ninguém, que o asilo municipal era bom para tantos velhos, certamente seria bom para ela também. Pediu que não tentassem impedi-la porque com oitenta e oito anos ninguém deve ser impedido de fazer isso ou aquilo.

O pai e a mãe ficaram mudos, boquiabertos, estáticos em seus lugares. A vó saiu e fechou a porta devagarinho.

Cinco dias depois eu passei por lá para lhe fazer uma visita. Perguntei se a deixavam comer bolachas em paz. Ela respondeu que sim, deixavam, mas o prazer já não era o mesmo porque ali não tinha ninguém para implicar com os farelos.

Eu disse que esse era um bom motivo para voltar para casa, mas ela respondeu que não se pode trazer de volta ao cais o navio que está em alto-mar, que ela continuaria em frente, sob tormenta ou calmaria.

Eu não gostava de ver a vó infeliz daquele jeito, por isso resolvi morar no asilo só para pegar no seu pé quando ela deixasse cair farelo de bolacha no chão.

Quinze? Vinte? Não sei ao certo quantos anos fiquei morando aqui. O que sei é que, quando a vó morreu, a fábrica de bolachas já tinha falido, e era tarde demais para encontrar alguém que implicasse comigo.

# PÃO

A fatia de pão está em cima da mesa. É a última.

A família está em torno da mesa. Todos estão com fome e olham avidamente a última fatia de pão sobre a mesa. Do chão, o cachorro também olha.

O pai quer a fatia de pão porque precisa de ferro para trabalhar e sustentar a família.

A mãe quer a fatia de pão porque precisa de potássio para aguentar a tarefa de limpar, cozinhar, lavar e passar a roupa da família.

Os filhos querem a fatia de pão porque precisam de cálcio para estudar e progredir na vida.

O cachorro late pela fatia porque precisa de carboidratos para vigiar a casa e garantir a segurança da família.

A discussão cresce, torna-se cada vez mais acalorada, cansativa. Ninguém percebeu os ladrões que entraram pela porta da frente e fizeram uma faxina geral.

Ainda em torno da mesa, o pai olha o relógio e salta da cadeira, os filhos ajeitam as mochilas às costas, a mãe levanta e, quando vai para a sala, tem um baque. Cadê a tevê, o sofá, as poltronas, o tapete?

A família agora corre pela casa checando tudo (no caso, nada), e a conclusão é unânime: esse cachorro idiota só pensa em comer, guardar a casa que é bom...

A família manda embora o cachorro, o pai liga para a polícia e só dá ocupado. A mãe senta no chão e começa a chorar, os filhos choram junto.

Os ladrões venderam a carga roubada e estão comemorando na churrascaria.

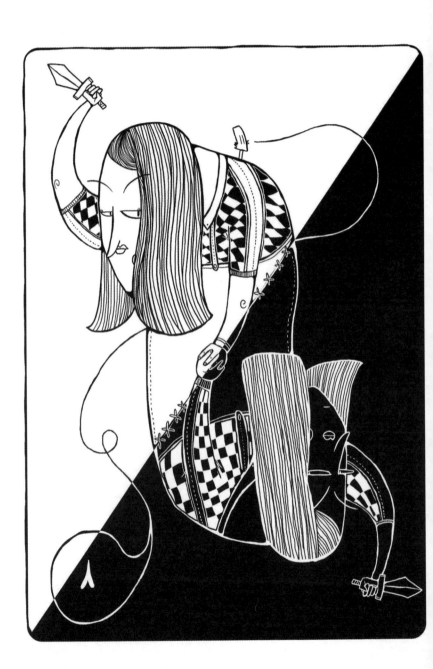

# TROCO

A irmã mais velha era só um ano mais velha que a irmã mais nova, mas os rapazes da cidade eram indiferentes a isso, pois tanto uma como a outra era capaz de enfeitar o dia com a mesma graça e competência.

Ninguém jamais ousara afirmar qual delas era a mais bonita, o que acabou criando entre as duas certa rivalidade camuflada quanto ao número e a qualidade dos elogios recebidos dos simpatizantes.

Embora o placar geral fosse ligeiramente favorável à irmã mais nova – ganhadora do concurso Garota Verão daquele ano –, essa situação não persistiu por muito tempo.

Chegou à cidade uma companhia teatral trazendo na bagagem certo galã da televisão.

Quase de imediato, o coração do moço entrou em estado de atenção por conta do olhar doce e sedutor da irmã mais velha. Ao cabo de cinco dias sob o calor intenso daquele olhar, o galã caiu por terra, pedindo água e a mão da irmã mais velha. Transparente de felicidade, a moça não só aceitou como marcou a data do casamento, provocando alvoroço nas moças e nos rapazes do lugar.

Não menos alvoroçado ficou o amor-próprio da irmã mais nova, que tratou de correr atrás do prejuízo ao assumir a delicada e traiçoeira missão de conquistar o galã, mais pelo desejo de igualar o placar, agora desfavorável, do que por nutrir qualquer tipo de sentimento pelo moço.

Tanto fez a irmã mais nova que o galã acabou seduzido por seus encantos, culminando com a fuga de ambos bem antes do término da turnê teatral.

A notícia, como não poderia deixar de ser, provocou na cidade os efeitos de uma tempestade acompanhada de raios e rajadas de vento. A companhia teatral achou por bem cancelar as apresentações, devolvendo o dinheiro dos ingressos adquiridos por meio de pacotes promocionais.

Já os pretendentes ao coração da irmã mais velha esfregaram as mãos e agradeceram aos céus a graça mais que oportuna. A prece de um apaixonado tinha sido ouvida, Deus continuava benevolente.

Ainda que a partir daquele dia passasse a receber inúmeros bons pedidos de casamento, a irmã mais velha cuidou de ignorá-los, fechando-se num mundo particular, restrito à meditação e à contemplação do crescimento silencioso das unhas.

Houve quem afirmasse que, diante da decepção sofrida, a moça tivesse ficado com o juízo ligeiramente abalado, sujeito a mudanças comportamentais de acordo com as fases da Lua, mas nada ficou provado.

Pois lá um dia aconteceu de a irmã mais nova sofrer um revés amoroso: fora abandonada pelo ator-galã, restando-lhe uma filha de dois anos para criar.

Com a saúde e a situação financeira debilitadas, a irmã mais nova forrou a cara e recorreu ao auxílio da irmã mais velha, que, como boa cristã, acolheu com coração leve e espírito solidário as parentas.

Agora livres da antiga rivalidade camuflada, as duas se dedicaram de corpo e alma à educação da menina sem pai, movendo céus e terra para não privá-la das coisas boas e belas que a vida familiar pode oferecer.

Aos vinte anos, a garota se tornara uma linda moça, exibindo traços que lembravam a mãe fujona, o pai volúvel e a tia desiludida.

Os rapazes da cidade viviam entusiasmados, enviando-lhe flores e arriscando versos com rimas em *-ão*, mas a garota bonita já havia reservado seu coração para o moço dos olhos azuis, que também guardara o seu para ela.

Quando o amor dos dois cresceu e encorpou, exigindo-lhes todos os minutos do dia e da noite, eles decidiram marcar a data da união, para sufocamento e morte dos rapazes da cidade.

Por fim, o dia do casamento chegou, trazendo no ar um cheiro doce levemente enjoativo. E esse aroma embrulhou o estômago da irmã mais nova, que, no quarto maior, ajustava o vestido branco em sua filha bonita; e encheu de felicidade a irmã mais velha, que, no quarto menor, fechava o zíper da mala, pregava um bilhete de adeus no espelho e saía apressada pela porta dos fundos.

Ouvindo o salto do próprio sapato na calçada de pedra portuguesa, a irmã mais velha ia rindo, quase gargalhando, ao encontro do moço dos olhos azuis, que a esperava ao volante de um carro estacionado atrás da igreja.

# CAPETAS

Odiávamos os dias de chuva porque éramos obrigados a ficar trancados em casa, mas o que odiávamos mais do que os dias de chuva eram os namorados da mãe.

Tudo bem que ela ficara viúva muito cedo, que era jovem e bonita e talentosa e parari, parará, mas bem que podia dar um tempo, parar com aquela mania de trazer manés para jantar em casa.

O Gravatinha, por exemplo, era o terceiro namorado em seis meses, e o que mais comia. O dito usava sapatos de verniz, era míope e suava no pescoço. Tínhamos absoluta certeza de que não tirava aquelas meias havia mais de dois anos. Incrível! Ele frequentava a nossa casa há quarenta e três dias e já tinha papado seis jantares.

Na noite do sétimo jantar, meu irmão piscou o olho esquerdo, o que significava pôr em prática o plano *O amanhã nunca morre*, só possível quando o prato principal era massa.

De certa forma, eu tinha pena da mãe. O que fazíamos não era lá muito honesto, mas a esperança era de que algum dia ela acabasse percebendo que éramos felizes sem pai, que o eixo da casa não girava em torno de ninguém e que era essa a grande sacada de nossa vida.

– Você me chutou! – meu irmão começa o jogo.

– Não chutei ninguém.

– Chutou sim, olha a marca aqui – meu irmão coloca a perna direita sobre a mesa, aponta o joelho.

– Isso aí não é chute de tênis, é chute de sapato – me defendo.

– Ah é, então quem foi?

– Quem é que usa sapato de bico fino?

Nós dois olhamos o Gravatinha, que está mastigando avidamente o seu capelete, mas ainda assim diz de boca cheia que não foi ele. Meu irmão vira pra mim e faz uma nova acusação, eu insisto na minha inocência. A mãe entra no meio e pede para calarmos a boca e tratarmos de comer em silêncio. O mano atira um capelete de carne na minha direção, eu rebato com a baguete de gergelim e o capelete explode no nariz do Gravatinha, os óculos dele caem no chão. Engasgado, ele tenta apanhar o copo de laranjada. Tarde demais! O mano já atingiu o copo com a concha do molho. O copo tomba e ensopa a perna esquerda da calça do Gravatinha.

O ainda namorado da *mamy* afasta a cadeira, sorri um sorriso cor de banana, procurando secar a calça com uma folha de alface, que ele julga ser o guardanapo. Peço licença para ir ao banheiro e, sem querer, esmago os óculos do Gravatinha com meu tênis distraído. Peço desculpas com ar angelical, tentando apanhar o que restou dos óculos e, também sem querer, enrosco o cotovelo na ponta da toalha, fazendo a terrina de molho tártaro deslizar até a beirada da mesa.

O mano vem ajudar, mas, desastrado, derruba a garrafa de refrigerante, que bate na terrina, que entorna o molho na roupa do terceiro namorado da mãe em seis meses.

Em silêncio respeitoso, observamos o Gravatinha soluçar descontroladamente, o que leva nossa mãe a alcançar o telefone com a ideia maldosa de implorar à nossa vó do Mato Grosso a caridade de ficar com a gente por uns três ou quatro anos, mas eu acabei de esbarrar no fio do telefone, assim, sem querer.

34

# MATADOR

O pai do Binho matava porco e leitoa para vender na sua banca do mercado municipal. O Binho ajudava o pai na banca e jogava de lateral direito no time do colégio.

Magro, corria o tempo todo, cobrindo os zagueiros, apoiando o ataque, cobrando escanteio. Quando o Binho não jogava, o time tinha de correr o dobro.

Trabalhar com o pai era um martírio para o Binho, que vivia dizendo precisar tomar três banhos no fim do dia para se ver livre do cheiro de porco. A gente achava que um dia ele acabaria fugindo daquele lugar em busca de vida melhor, para azar do time do colégio, que teria de encontrar alguém para ficar no lugar dele.

Certa vez o pai do Binho botou na cabeça que o filho tinha de começar a matar porco e leitoa, porque o único filho homem da casa precisava aprender o ofício do pai para substituí-lo quando necessário.

O Binho deixou de comer o lanche do recreio e de prestar atenção às aulas. Seus desarmes já não eram perfeitos; os cruzamentos saíam tortos e imprecisos. Sentimos que alguma coisa estava para acontecer.

Numa manhã de domingo, com jogo marcado para as três horas, o pai do Binho o tirou cedo da cama e o levou para o fundo do quintal, debaixo do telheiro que abrigava a bancada de madeira escura. Colocou um porco sobre a bancada e mandou o Binho prestar atenção. A coisa tinha que ser feita de uma só vez para o bicho não sofrer. Então, segurou forte a goela do porco com a mão esquerda, deixando a direita livre para descer o facão pouco abaixo do pescoço, bem onde fica o coração.

O porco guinchou agudo, o sangue espirrou com força, sujou a cara e a camisa do Binho, ficou escorrendo na madeira escura.

O pai do Binho botou o porco morto dentro de uma bacia de alumínio, escolheu outro no cercado, jogou-o na bancada, segurou do mesmo jeito que segurara o primeiro, virou para o Binho e falou:

— Vai, agora é a sua vez — apontando com o queixo o facão ensanguentado em cima da bancada.

Binho segurou o cabo do facão da maneira que o pai havia segurado, ergueu a mão direita e desceu com força, de uma só vez, pouco abaixo do pescoço, bem onde ficava o coração.

O porco guinchou, o sangue tornou a espirrar na cara e na camisa do Binho. Ele olhou para o pai e sorriu, o pai também sorriu de volta.

E nós perdemos o melhor lateral direito do colégio.

# PLUTÃO

Sempre que a vida em família se agitava como aniversário de gêmeos, ele se transformava no capitão Charles Trevor, comandante da nave interestelar *Cleópatra II*, e partia direto para Plutão, porque lá era um lugar escuro, quieto, longe o bastante da falação e dos ruídos terrenos.

Ele sempre fora calado, gostava de ficar sozinho com seus pensamentos, e encontrar Plutão logo ali, no porão de casa, foi um tremendo achado, um golpe de sorte. Era o lugar ideal para fugir das buzinas, das sirenes, do irritante som da voz humana.

O pai se preocupava.

– Sei não, esse negócio de viagem interplanetária...

– Ah, deixa o menino – a mãe achava genial aquela história de naves, planetas, aventuras.

Ele nem bem chegava da escola e já corria para ligar *Cleópatra II*, que ia esquentando os motores enquanto a lição de casa era feita às pressas. Depois, bastava ajustar o macacão termodinâmico e recarregar sua pistola de água desintegradora; sim, porque, embora silenciosas e relaxantes, as planícies plutonianas vez ou outra eram visitadas por aranhas de seis ventres, lagartixas de olhos paralisantes. O espaço estava repleto de perigos, mas nenhum tão ameaçador quanto o cruzamento de duas avenidas terrestres.

– Ele não sobe em árvore, não joga bola, não anda de bicicleta – o pai resmungava pelos cantos. – Muito esquisito esse menino...

– Ora! – rebatia a mãe. – Todo gênio é incompreendido.

– Não sei se podemos chamar de gênio alguém que viaja numa caixa de laranjas vazia.

– Ah, você não tem imaginação.

O pai olhava o filho com desconfiança, decepcionado por ter de ir sozinho ao estádio.

"Nem time de futebol o esquisito tem", reclamava baixinho, vestindo a gloriosa camisa do seu clube do coração. Já a mãe considerava o garoto um ser especial, daqueles que vêm ao mundo de mil em mil anos para transformar as coisas.

O tempo terreno passou, e Charles Trevor cresceu tanto que já nem cabia na caixa de laranjas que lhe servia de nave, tendo de lançar mão de uma caixa de geladeira, que espertamente batizou de *Cleópatra III*.

Com a astúcia de um experiente comandante de nave interplanetária, inventou uma desculpa e escapou do serviço militar. Também com duas boas justificativas, driblou o vestibular e a namorada, que o impediam de viajar diariamente ao espaço.

Assim, passou a comer e a dormir em Plutão, com sua pistola de água desintegradora debaixo do travesseiro.

– E aí? – questionava o pai em desespero. – Ele já decidiu o que vai fazer da vida?

– Ah, deixa o menino.

– Menino?! Mas ele tem vinte e seis anos!

Quinze meses depois, a mãe morreu de uma dessas doenças que têm mil nomes e nenhuma salvação. Na volta do enterro, pai e filho se encararam. O velho falou grosso:

– Vai pro seu quarto e arruma as malas! O dinheiro da passagem tá aqui!

– Mas, pai...

– Nada de papo! Arruma as malas e cai fora, vai tratar de virar homem!

Sem outro remédio, o garoto velho arrumou a mochila e foi cuidar da vida longe do seu adorado Plutão.

Na cidade superlotada de humanos ansiosos e mal-educados, ele batalhou um lugarzinho ao sol, conseguindo com muito custo o cargo de caixa em uma agência bancária de um bairro afastado.

Um dia, a agência foi invadida por uma quadrilha profissional e experiente, que fazia as coisas com rapidez e eficiência, sem nunca precisar dar um só tiro. E tudo teria dado certo naquela manhã se, em dado momento, um dos caixas não tivesse resolvido se transformar no capitão Charles Trevor, sacando intempestivamente sua pistola de água desintegradora.

Foi a primeira vez que a quadrilha precisou dar um tiro.

# XÍCARA

Ela adorava aquela xícara. Era ali que o seu café com leite adquiria um sabor especial, mistura de prazer e bom astral. Coisa divina.

Quando ela tomava café com leite naquela xícara de louça branca salpicada de florzinhas vermelhas que comprara no quiosque de uma japonesa, o mundo parecia-lhe bom, a vida fazia algum sentido. Piegas, mas verdadeiro.

Certa noite, pouco antes de apagarem a luz de cabeceira, ela contou ao marido sobre as sensações que tinha ao tomar café na xícara, e ele riu dela, disse que deixasse de ser boba, ignorante. Isso mesmo, ignorante!

Ela apagou a luz do abajur, deu boa-noite e virou-lhe as costas. Nunca mais dormiu de frente para ele.

Por pirraça ou por vingança, a xícara passou a ser o cinzeiro preferido dele, que fumava para depois amassar o cigarro nas florzinhas vermelhas do fundo, olhando para ela com aquele ar de "olha aí, sua ignorante, veja para que serve a sua xícara maravilhosa".

Com jeito, ela chegou a pedir-lhe para usar outra xícara ao fumar e tomar café, mas ele respondeu que amava aquelas florzinhas vermelhas, que o seu cigarro se sentia prestigiado ao ser apagado no fundo "mágico" da xícara. Falou com voz cínica, ar de deboche, e a partir daquele instante ela nunca mais olhou na cara dele.

Sempre que se cruzavam pela casa, ela desviava os olhos, olhava para um quadro, um vaso, uma teia de aranha. Ele, por sua vez, persistiu com o ritual provocativo de fumar e apagar o cigarro na xícara que ela tanto adorava.

Por quanto tempo ela suportou aquela situação? Meses, anos? A verdade é que um minuto ou um ano não fazem diferença para o torturado. A dor não reconhece o tempo, só o ato de doer. Teve azia quando descobriu isso.

Uma tarde, observando a umidade que se alastrava na parede da cozinha, ela achou que o marido era capaz de arranjar outra mulher que soubesse cuidar bem dele. As crianças estavam crescidinhas, sabiam se virar sozinhas; além disso, eram mais chegadas ao pai do que a ela. Ninguém sentiria muito a sua falta.

Quanto a si, não havia problema, podia muito bem arranjar outro marido, ter outros filhos, quem sabe até mais amorosos, mais compreensivos. Entretanto, outra xícara igual àquela não encontraria em lugar nenhum, ainda que procurasse por toda a cidade.

Decidida, levantou-se e foi para o quarto. Vestiu a roupa de ir à feira, colocou a xícara na bolsa e saiu. Assim mesmo, só com a roupa do corpo, sem deixar bilhete. Fechou a porta, sem se esquecer de botar a chave no vaso de antúrios.

No trabalho, após passar boa parte da tarde pensando em sua vida familiar, ele chegou à conclusão de que devia pedir desculpas à mulher, dizer que deixaria de apagar o cigarro no fundo da xícara de que ela tanto gostava, até porque ele estava decidido a parar de fumar. De quebra, ele a convidaria para um jantar no restaurante em que se conheceram, tomariam o vinho que tomaram quando se descobriram apaixonados. "Será uma noite e tanto", imaginou ele, assobiando enquanto vestia o paletó para ir embora.

Na rodoviária, ela comprava passagem para outro estado.

# COR

A Rejane e o Pedroso viveram em harmonia até pouco antes do nascimento do primeiro filho.

– A cor do meu filho vai ser o vermelho – decidiu Pedroso, olhando na tevê a Ferrari parada no *box* para trocar um pneu.

– Azul.

– Que foi, Rejane, você disse alguma coisa?

– Eu disse azul. A cor do meu filho vai ser azul.

– Deixa disso, Rê. Vermelho é força, garra, valentia.

– E azul é suavidade, paciência, generosidade.

– Não esquece que o bebê será um menino.

– E daí? Homem não pode ser suave, paciente, generoso?

Foi então que tudo começou.

Enquanto a Rejane comprava roupas e acessórios na cor azul, Pedroso fazia o mesmo na cor vermelha. Para as discussões não acabarem em gritos, decidiram pelo meio-termo.

Por exemplo, o carrinho de passear era azul, com rodas vermelhas. As mamadeiras eram de plástico vermelho, com tampas azuis. Três chupetas eram azuis, as outras três, vermelhas. Duas paredes do quarto do bebê eram vermelhas, e duas, azuis.

Pedroso acompanhou o parto e não queria que lavassem o garoto. Achava que ele estava lindo daquele jeito, lambuzado de vermelho-sangue.

Rejane protestou: que lavassem o menino e o enrolassem na toalha azul número dezenove.

Tavinho, como era chamado, acabou crescendo dividido entre o vermelho e o azul. Calça azul, camisa vermelha. Tênis vermelho, meias azuis. Boné vermelho num dia, boné azul no outro.

– E aí, Tavinho, tudo azul?

– Com listras vermelhas!

No dia do seu décimo segundo aniversário, quando o quintal da casa já estava todo decorado de bexigas vermelhas e azuis, Tavinho resolveu radicalizar: vestiu-se de branco.

Depois, doou seus brinquedos, suas roupas e até a bandeira do time vermelho e a do time azul. O peixinho azul ele deu à vizinha da esquerda; o vermelho, foi para a vizinha da frente.

Quando chegaram, os pais tomaram um susto.

– Mas o que é que está acontecendo, filho?

– De hoje em diante – respondeu Tavinho, chupando um picolé de coco –, não quero ver azul nem vermelho na minha frente. Chega. O branco é a minha cor favorita.

– B-Branco?! – gaguejaram os pais ao mesmo tempo.

E assim foi. Daquele dia em diante, Tavinho manteve-se firme na decisão de conservar o branco em sua vida, para desespero dos pais, que agora viviam cochichando pelos cantos.

– Você viu o boletim dele? Não tem uma única nota vermelha, nem de Física!

– É, azul também não tem. As notas boas vêm em preto.

Aplicado e objetivo, Tavinho prestou vestibular para Medicina e conseguiu aprovação entre os cinco primeiros da lista.

– Tinha esperança de ele não entrar...

– Eu também, fiz até novena. Não tem mais jeito, o branco agora faz parte da vida dele de verdade.

Todos vinham cumprimentar a Rejane e o Pedroso pelos êxitos escolares do filho.

– Puxa vida, menino de ouro taí!

– É.

– Inteligente, decidido, mira um objetivo e vai atrás dele com precisão!

– É.

– Olha, eu invejo vocês, viu... Como eu gostaria de ter um filho como ele!

A Rejane e o Pedroso sorriam amarelo. Imaginavam o filho vestido de branco, trabalhando numa sala toda branca, morando numa casa branca, guardada por um cachorro branco.

– Mãe, o nome dela é Ana Paula.

– Ah, é?

– Nós vamos nos casar assim que terminarmos a faculdade.

– Ah, é?

Tavinho e Ana Paula formaram-se entre os primeiros da turma, casaram-se e foram passar a lua de mel em Aspen, nos Estados Unidos.

– Ele tinha de escolher um lugar todo branco?!

– Ora, ele faz de propósito, pra nos provocar!

Sentados no sofá vermelho de listras azuis, a Rejane e o Pedroso sonham com o filho perfeito.

– Ah! – ela imagina. – Como eu queria que o Tavinho fosse um entregador de gás, vestido com aquele uniforme azul, carregando o bujão azul nos ombros, sorrindo para as donas de casa aflitas por precisarem terminar o almoço...

– Pois eu – exclama o pai – sempre sonhei com ele dirigindo aquele caminhãozão vermelho dos bombeiros, a luz giratória avermelhando a noite, ele rompendo os sinais vermelhos para chegar ao prédio consumido pelas chamas vermelhas...

Os dois suspiram e vão para a cozinha tomar os comprimidos de dormir.

# MADRASTA

Quatro meses após a morte da nossa mãe, o pai trouxe nossa madrasta para morar com a gente. Ela era da cidade e mais bonita, bem mais bonita que a nossa mãe. Morena, cabelos compridos, sorriso largo, corpo leve.

Ele a conheceu numa quermesse de São João, e os dois já namoravam enquanto nossa mãe gemia na cama grande.

Eu e o Ginho, meu irmão mais velho, conhecemos a madrasta num sábado em que o pai nos levou à cidade para ajudá-lo nas compras do mês. Assim que acabamos de colocar os mantimentos no jipe, o pai nos convidou para tomar um sorvete, e foi lá na sorveteria da Tânia que vimos a madrasta pela primeira vez.

Ela entrou na sorveteria com aquele andar de quem sabe voar e conhece as maravilhas dos céus do mundo. Ficamos mudos, paralisados, e eu quase urinei nas calças quando ela segurou meu queixo para me beijar no rosto. Fez o mesmo com o Ginho e, pela cara do infeliz, adivinhei que ele tinha molhado a cueca.

Naquela noite, deitados na cama, Ginho e eu demoramos uma data pra cair no sono, porque o assunto só podia ser um... Finalmente, vencido pelo cansaço, adormeci com uma ponta de remorso cutucando meu coração, porque eu só tinha um pensamento: que a mãe fosse embora logo para a moça poder vir morar com a gente.

A vida foi andando e nós fomos atrás, até que num domingo à tarde a mãe deixou a Mão Gelada segurar a dela. Fechou os olhos devagarinho, quietinha, como se fosse tirar um cochilo.

O pai não chorou.

O Ginho fungava como se estivesse resfriado.

Dos meus olhos escaparam duas lágrimas que não conseguiram alcançar a minha boca.

Quatro meses depois de termos enterrado a mãe, quando a gente já pensava que o pai havia desistido da madrasta, ele surgiu com ela e um monte de bagagem numa manhã, para a alegria dos nossos olhos acostumados com pastos e arbustos secos.

Além de mais bonita que nossa mãe, ela era mais alegre, mais agitada. Vivia cantarolando pela casa, chamando a gente de amorecos, fazendo doces maravilhosos.

Só que a nossa desgraceira começou no dia em que o Ginho teve a ideia de espiar a madrasta tomar banho no riacho que corria atrás da casa. Ele explicou que, deitados em meio à plantação, a nossa visão do riacho seria perfeita, com a vantagem de ficarmos completamente encobertos de olhares vigilantes. Aprovei a ideia, e em menos de um minuto nós nos transformamos em dois lagartos loiros cheios de pensamentos sujos.

Era simplesmente perfeita a visão que tínhamos daquela parte do riacho em que a madrasta nadava nua como uma divindade. Juntos, em voz baixa, o Ginho e eu agradecíamos a Deus por ter colocado no nosso caminho aquela mulher digna de figurar nas histórias de reis e rainhas. Que garotos tinham o privilégio daquela visão, impossível de descrever com um alfabeto que tem só vinte e seis letras?

A droga é que nada é perfeito.

Não contávamos com a malícia refinada do pai, que, ao nos surpreender babando na plantação, aplicou-nos uma surra de assobiar pelos cotovelos.

– Se eu pegar de novo, furo os olhos do sem-vergonha! – ele prometeu, vermelho de tanto lascar aquela mãozona no nosso cangote de passarinho.

É, não se podia esperar menos do pai. Ele era um tipo da terra, bruto, de pouca conversa e nenhum carinho. Gostava mais dos bichos e das plantas do que da gente. Metade da morte da mãe foi de tristeza. Ginho e eu sempre soubemos disso.

Quantas vezes a surpreendemos chorando de mansinho na beira do tanque?

Ao retornar do riacho, a madrasta quis saber por que estávamos amuados, com o rabo entre as pernas, e eu disse que tínhamos apanhado de uns marmanjões da escola. Ela tomou as nossas dores, queria saber quem eram os sujeitos, ia pessoalmente conversar com os pais deles.

– Não precisa, não – o Ginho foi rápido. – Na revanche a gente acerta eles...

A vida andou, e nós atrás.

Certo dia, quando as marcas da surra tinham desaparecido do nosso corpo, o xaroposo do Ginho veio novamente com o convite grudento de espiarmos o banho divino da madrasta.

Com a lembrança da mão de pedra do pai, de imediato respondi que estava fora da jogada e corri para longe do meu irmão, temendo seu jeito viscoso de me convencer a fazer coisas contra minha vontade. Disparei pela trilha das bananeiras, levando comigo a torturante imagem da madrasta deslizando o sabonete de rosas entre os seios morenos. Roguei à alma da mãe que afastasse de mim pensamentos sem qualidade e tratei de me apegar à brincadeira sem graça de espantar os pássaros-pretos que vinham bicar as bananas maduras.

Estar ocupado fez o tempo passar mais depressa do que eu imaginava. Quando dei por mim, o dia estava despencando atrás das colinas arroxeadas. Era hora de voltar para casa.

Assim que contornei o grande flamboaiã vermelho que indicava o início da nossa chácara, bati os olhos no telheiro baixo das galinhas, e foi como se tivesse levado um coice de mula arredia. O pai

49

arrastava o Ginho pela gola da camisa, feito um saco de cebolas, e levava na mão desocupada o canivete de tirar carrapato dos porcos.

Com a saliva grossa pesando na boca, consegui gritar enquanto corria na direção dos dois.

– Para, pai, não faz isso!

Agarrei a mão que segurava o canivete, a lâmina ensebada de sangue de porco triscava meu pulso.

– Pelo amor de Deus, pai, larga o Ginho!

Ele se livrou de mim como se livra de uma formiga impertinente, chacoalhando o braço com força, me atirando no chão de terra.

– Cala boca, você! – ele cuspia enquanto falava, os olhos congestionados. – Vou dar o que esse sem-vergonha merece! Filho meu morre antes de virar canalha!

Não desisti. Levantei de onde estava e saltei-lhe no pescoço, segurei firme, sentindo o cheiro forte do seu suor de matador de boi. Decidi que morreria com o meu irmão. Não tinha mais ninguém que me interessasse neste mundo.

Na tentativa de se ver livre de mim, o pai torceu o braço para me segurar pelos cabelos, movimento que levou a lâmina do canivete a rasgar minha camisa e riscar-me a carne das costas. Gritei, tornando a cair, sentindo agora um fio de sangue escorrer espinha abaixo.

Horrorizado, vi o pai aproximar do Ginho a mão que segurava o canivete, então ouvi a voz da madrasta.

– Que é que você pensa que vai fazer?! – ela subia correndo o caminho pedrento do riacho, ainda enxugando braços e pernas com uma toalha branca.

O pai se virou, ficou com a mão do canivete parada no ar. Sua voz de rústico comunicou que ia dar uma lição no safado do filho dele, que tinha prometido castigo de sangue a quem fosse pego praticando sem-vergonhice dentro da sua casa. Falou que o Ginho estava espiando ela, a madrasta, tomar banho no riacho.

A madrasta se aproximou e me ajudou a ficar de pé. Segurava minha mão enquanto encarava o pai.

– Então você vai ter que sangrar os pensamentos dele também, porque eu vou estar sempre lá, nadando sem roupa no riacho.

O pai não disse nada, ficou olhando nos olhos da madrasta um tempão, sem piscar, tentando tirar caldo do que acabara de ouvir. Finalmente ele soltou o Ginho, fechou a lâmina do canivete e guardou-o no bolso da calça. Foi andando devagar na direção do flamboaiã, sentou-se na raiz larga, cabeça baixa.

A madrasta e eu ajudamos o Ginho a ficar de pé. Ele estava branco como ovo de granja e soluçava baixinho.

– Vamos lá para dentro – convidou a madrasta. – Vou fazer uma bela laranjada para nós, mas antes vou tratar desse seu ferimento – ela falou, olhando para mim e começando a andar na direção de casa.

Daquele dia em diante, o Ginho e eu passamos a chamar a madrasta de mãe.

# AMIGOS

Teo carregava o material escolar de Olívia às segundas e terças; eu, às quartas e quintas. Os outros dezoito garotos da turma disputavam no par ou ímpar a prazerosa tarefa de carregar o material às sextas-feiras.

O segredo do nosso privilégio devia-se ao fato de sermos vizinhos de quintal de Olívia. Nossas mães trocavam receitas por sobre as cercas vivas que separavam as casas.

A beleza de Olívia dispensava comentários, poemas e corações flechados. Bastava dizer que nos meses de junho e julho nós íamos à escola pouco agasalhados, já que a simples presença de Olívia era capaz de nos manter aquecidos ao longo da manhã, ainda que tivéssemos aula dupla de Matemática.

Porém, é preciso admitir que ela estava por trás dos nossos gols contra, das noites maldormidas, das espinhas no rosto. Tudo de errado que acontecia era porque a nossa cabeça estava sempre longe, explorando as maravilhas de Olivialândia.

Ela era doce de calda e injeção na veia.

Certa vez, terminadas as provas semestrais, Teo e eu começamos a nos preocupar com as faltas consecutivas de Olívia. Ela nunca

53

deixava de ir às aulas por qualquer bobagem. Algo estranho estava acontecendo, ou por acontecer.

A resposta à nossa preocupação veio na manhã em que resolvemos chamá-la ao portão. Foi a mãe dela quem nos atendeu por uma fresta da janela.

– A Olívia não está bem. Vamos levá-la ao médico.

Naquele dia não prestamos atenção às aulas, não participamos das brincadeiras e pela primeira vez deixamos de bater ponto na aula de ginástica das garotas.

– Você tá suando na palma da mão?

– Tô.

– Tá sentindo gosto de manga verde na boca?

– Também.

– Como chama isso?

– Azaração.

No dia seguinte, minha mãe me deu a notícia, repassada pela mãe da Olívia por sobre a cerca viva.

– Ela precisou ficar no hospital. Parece que não é nada bom.

Autorizaram nossa visita dois dias depois. Levamos peras e morangos, as frutas preferidas da Olívia, mas ela não pôde comer. Estava sonolenta, sob efeito dos remédios. Mesmo assim, não deixava de enfeitar a brancura sem graça do quarto.

Não falamos quase nada, o que nos levou a sair dali direto para a igreja de Santa Filomena. Fomos pedir para nossa amiga ficar boa em troca de nunca mais botarmos nanquim na água-benta.

Mas, evidentemente, a santa não nos deu ouvidos, e as coisas só fizeram piorar. Tudo nublou de vez quando soubemos que Olívia precisava urgentemente de um coração novo para continuar dando graça e fluidez às nossas vidas desbotadas.

– Você faria qualquer coisa por ela?

– Claro que sim!

– Até doar o seu coração pra ela?

– M-Mas eu só tenho um...

O Teo também tinha só um, o que miseravelmente nos atirou na mais profunda imobilidade. De repente, acordamos para uma realidade que sempre nos acompanhou, mas da qual nunca nos demos conta por pura falta de ocasião: não éramos os amigos perfeitos que achávamos ser. Pequenos e medíocres, estávamos deixando a grande amiga partir porque nossa covardia era bem maior do que a nossa nobreza, se é que conservávamos tal virtude em nossas almas.

Por conta disso, não nos candidatamos a segurar a alça do caixão de Olívia naquela tarde de novembro. Achamos que ela não merecia a proximidade de gente como nós.

Da última fila, encolhidos como dois gatos de rua sob a chuva, acompanhamos o enterro. Depois que a última pá de terra cobriu o caixão da nossa amiga, todos se voltaram para retomar suas vidas.

Só Teo e eu ficamos ali, cabisbaixos, com vergonha de nós mesmos.

# MEIAS

Se meu pai fosse comprar meias para todo mundo lá em casa, a gente teria de ficar sem carne aos domingos, porque a turma era grande, e a grana, curta. Meus irmãos e eu íamos à escola com chinelos de borracha; os pés ficavam roxos e duros na época do frio. Mas o pai dizia que era daquele jeito que a gente criava calo para encarar a vida.

Eu sentia uma inveja danada dos meninos calçados com sapatos de amarrar e vestidos com meias até os joelhos. Quando falei isso para a mãe, ela abanou a cabeça e disse que esse tipo de sentimento era a pior danação que existia debaixo do céu. Mandou eu segurar o cabo quente da frigideira para lacrar a alma contra essa e outras tantas danações.

A verdade é que pelei minha mão e a desgramenta da danação continuou fermentando minha alma quando eu olhava os meninos com suas meias até os joelhos.

Eu gostava mais das de cor cinza, que davam a impressão de se ajustar melhor às canelas, mas também achava bonitas as pretas e as azuis. Passava noites em claro imaginando... Eu entrando na classe com meias cinza até os joelhos, a professora e os colegas

57

comentando admirados a minha nova maneira de vestir. Parecia muito bom ser o centro das atenções, perceber que notavam minha presença, que todos os olhares cabiam no meu bolso.

Certa tarde, ao passar por uma casa rodeada por um gramado circular, me deparei com um par de meias cinza balançando docemente ao vento, preso ao varal por prendedores de madeira.

Não sei dizer se foi a tal danação que me soprou desaconselhamento no ouvido, só sei que quando dei por mim estava correndo pela rua, segurando firme as meias úmidas que ainda cheiravam a sabão.

Em casa, corri para o quarto e calcei as meias molhadas, passando a andar de um canto para o outro me sentindo um duque da corte francesa se preparando para tirar a duquesa para dançar. Todos no salão, amigos e inimigos, se roíam de inveja das minhas meias, o que levou a duquesa a botar um galhinho de arruda na minha orelha esquerda.

No arco da porta, em vez do príncipe regente, surgiu a figura do meu pai com uma ripa de cerca na mão.

– Prepara o teu lombo, cachorro!

Depois da surra veio a humilhação. O pai me arrastou até a casa rodeada pelo gramado, me obrigando a devolver as meias e pedir desculpas à dona que veio atender. Ela viu minhas pernas marcadas pela ripa de cerca e falou que eu tinha cara de ser um bom menino. Naquela noite, sonhei que havia caído no fundo de uma meia gigante da qual não conseguia mais sair.

Hoje, o pai e a mãe já não vivem mais. Casei e tenho cinquenta e três pares de meia, mas não sou capaz de usar nenhum.

Toda vez que vou calçar algum deles, o pai aparece na minha frente segurando a ripa de cerca, diz alguma coisa que eu não entendo, mas imagino.

Então, fecho os olhos e mentalmente peço desculpas, para só então calçar os chinelos de borracha e ir trabalhar.

# TOMATES

Assim que eu acabei a escola fui ajudar o pai a cuidar dos tomates, uma porque ele estava ficando velho e cansado, outra porque era da plantação que a gente tirava nosso sustento.

Quando a mãe morreu de pneumonia, deixando eu e a Lu aos cuidados de nosso pai, ele já dava sinais de cansaço, mas se manteve de pé, batalhando, disposto a cumprir o prometido para a mãe: fazer da Lu uma moça formada, com diploma e título de doutora na frente do nome.

Eu também queria continuar estudando, ser alguém importante, conhecer gente nova, mas não podia abandonar o pai sabendo que ele não tinha como tocar a plantação sozinho. Embrulhei meu sonho e fiquei com o velho, cuidando dos tomates e do futuro da Lu.

Ela, por sua vez, era uma boa menina, estudiosa e responsável. Fazia bom uso do dinheiro que a gente mandava todo fim de mês. Foram anos duros, difíceis, com as dores castigando o pai e a solidão me ressecando por dentro.

Um dia, de passagem pela cidade, encontrei a Bel, antiga colega da Lu nos tempos de colégio. Foi ela quem me deu a notícia de que

a cerimônia de formatura da minha irmã acontecera naquele fim de semana e que a festa havia sido muito bonita.

Estranhei o comportamento da Lu em não nos comunicar e, quando contei a novidade para o pai, ele não soube disfarçar a decepção, por isso tratei de consolá-lo lembrando que agora a Lu tinha a vida dela, que as coisas mudam e a gente tem de se adaptar às mudanças, que elas fazem parte da vida moderna. O pai ouviu e balançou a cabeça, notei que seu coração não tinha concordado com a minha fala.

Foi então que o pai se rendeu à tristeza.

Os dias seguiam abafados e compridos, dolorosos, esforçando-se para dizer que estávamos desperdiçando momentos preciosos de nossas vidas naquele pedaço de terra repleto de tomateiros e de solidão. Comecei a compreender que não existia nada nem ninguém que pudesse nos tirar daquela mesmice interminável.

Lu, agora doutora com placa de metal à porta, abriu consultório próprio em parceria com um colega de faculdade; entretanto, com a agenda sempre cheia, nunca chegou a avaliar a saúde do pai, ou mesmo a minha. Nada disso, porém, mereceu comentários ou julgamentos de nossa parte, até porque a vida tratava de nos manter ocupados.

No início do ano, uma gripe brava me deixou quinze dias de molho, cabendo ao pai cuidar dos tomates sozinho, fato que dificultou o transporte do produto até a cidade.

Uma tarde, na volta para casa, o pai caiu e quebrou o braço direito em três lugares, limitando o trabalho e debilitando-lhe o ânimo. Ficou mais abatido, mais calado, o que facilitou sua rendição às coisas ruins. Deu de falar sozinho pelos cantos e, quando sugeri uma visita rápida ao médico, ele respondeu que não era nada grave, era só a mãe que vinha conversar, saber das coisas do mundo dos vivos.

Em outra ocasião cruzei novamente com a Bel na cidade e ela me contou do casamento da Lu com o tal colega da faculdade. Tinha sido um festão na sede do clube, com música ao vivo e comida farta. Pedi à Bel que transmitisse à Lu nossos votos de fortuna e felicidade.

No caminho para casa eu não sentia nada, apenas me preocupava com a maneira de dar a notícia ao pai. Durante dois dias fiquei martelando um jeito de falar e, quando finalmente contei a novidade, ele respondeu que já sabia do casamento, que minha mãe viera lhe contar os detalhes da cerimônia. Sabia até que o buquê era de flores de laranjeira, e que um homem ruivo e chique a conduzira ao altar.

Eu fui para o quintal sem dizer nada. Na minha garganta morava um nó.

No início de agosto uma praga maldosa atacou os tomateiros e, apesar do nosso cuidado no emprego do inseticida correto, os tomates nunca mais voltaram a ser como antes. A produção caiu além do esperado, a qualidade ficou abaixo da média. Nossas vendas acompanharam a maré de má sorte.

Em casa, tínhamos só arroz e jiló, e chegou o dia em que o farmacêutico se negou a entregar os remédios do pai sem o pagamento dos atrasados.

Passei a procurar trabalho na cidade, mas só consegui encontrar bicos de jardineiro, pedreiro, entregador. Levantava cedo e deixava pronto o café do pai, ia a pé para a cidade, rezando para achar um serviço bom, mas era sempre a mesma coisa. De volta para casa, já no escuro, preparava alguma coisa para a gente comer: nada além de ovo frito, banana e broa de milho que eu trazia da mercearia.

Uma tarde, ao chegar em casa, o pai havia arrancado os tomateiros pela raiz e plantado capim no lugar. Quando eu o questionei, ele respondeu num sopro de voz que aquilo era o nosso alimento para o resto dos nossos dias, que um anjo vestido de dourado descera na varanda e mostrara o caminho. Depois ele se sentou no chão, ficou balançando o corpo e rindo das formigas que corriam de um lado para o outro.

No correr daqueles dias, percebi que o pai havia enlouquecido e, para piorar as coisas, a mãe deu de vir conversar comigo...

# TADEU PEREIRA

Ah, as histórias curtas!

Aquelas que registram determinado momento ou mesmo a vida toda de alguém em poucas palavras, em pouco espaço, em pouco papel.

Toda personagem gosta das histórias curtas porque sua vida fica menos exposta. Todo autor gosta das histórias curtas porque seu desconhecimento de gramática fica menor. Todo editor adora histórias curtas porque gasta menos papel para imprimir.

Ah, é, ia me esquecendo: todo leitor gosta das histórias curtas porque sobra mais tempo pra ir ao *shopping*.

Portanto, tudo de história curta para todos nós!

# ALEX SENNA

Alex Senna é artista plástico e ilustrador. Divide seu tempo entre seu ateliê e as ruas. Seus desenhos já foram publicados em revistas e jornais, além de já ter trabalhado com produtoras e grandes agências do cenário nacional.

Carregadas de emoções, suas obras transportam o espectador a um estado de identificação. Como artista plástico, tem trabalhos seus espalhados em ruas e galerias de São Paulo, Berlim, Londres, Paris e Barcelona.

Para conhecer mais sobre o trabalho do Alex Senna, visite o *site* dele: www.alexsenna.com.br.